En memoria de mis abuelas,
Delia Ibañez y Benita Elena Miranda—Y.S.M.

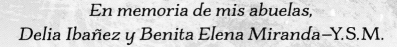

Para mi madar bozorg,
Soghra—K.A.

HarperEspañol is an imprint of HarperCollins Publishers.

Título en inglés: What Will You Be?
© 2021, Yamile Saied Méndez (texto) © 2021, Kate Alizadeh (ilustraciones)
Todos los derechos reservados. Impreso en Italia. Ninguna porción de este
libro podrá ser reproducida o almacenada en ningún sistema derecuperación, o
transmitida en cualquier forma o por cualquier medio —mecánico, fotocopia, grabación
u otro— excepto por citas breves en revistas impresas, sin la autorización previa,
por escrito, de la editorial. HarperCollins Children's Books, una división de
HarperCollins Publishers, 195 Broadway, New York, NY 10007.
www.harpercollinschildrens.com

ISBN 978-0-06-307677-8

La ilustradora usó escaneo en línea de lápiz, escaneo en texturas y Photoshop
para crear las ilustraciones digitales para este libro. Diseñado por Erica De Chavez.
20 21 22 23 24   RTLO   10 9 8 7 6 5 4 3 2 1   ❖   First Edition

¿Qué serás?

por **Yamile Saied Méndez** ilustrado por **Kate Alizadeh**

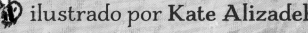
HarperCollins *Español*
Una rama de HarperCollinsPublishers

¿Qué serás cuando
crezcas?, preguntan.

Tu mamá es esto. Tu papá es eso.
Nunca es muy pronto para soñar
en lo que te convertirás.

No tengo mucho que pensar.

Cuando crezca,
¡seré una. . . astronauta!

Un unicornio

o . . . un payaso.

No, ¿qué serás *de verdad*?, insisten.

Le pregunto a Abuela
porque ella ha sido todo
bajo el sol y la luna.

Dice que todavía está
tratando de descubrir qué
será *ella* cuando crezca.

Abuela, cuando crezca,
¿qué seré?

Abuela interrumpe su trabajo.
Colores brillantes gotean de su pincel.
Observa la mancha en el piso como
si estuviera leyendo mi futuro.

Cuando me mira, le brillan
los ojos. Tú te conoces mejor
que nadie, mi amor, dice.
Niña, ¿qué serás?

Nada me viene a la mente.

Abuela señala mi corazón y dice, Escucha.

Cierro mis ojos para escuchar las palabras que el oído no puede captar. Dentro de mí, debajo del ritmo del tamborileo, hay una voz calladita.

Suavemente le pregunto:
¿Qué seré?

Las respuestas surgen en
una ráfaga de colores y sonidos.

Seré una constructora.
Moldearé el mundo en mis manos,
en hogares de todas clases.

En santuarios con libreros en cada
esquina y una gran cocina donde todas las
personas serán bienvenidas al final del día.

Seré una soñadora, encontrando figuras en las nubes pasajeras.

Escribiré y pintaré mis sueños, y mis palabras e imágenes

inspirarán a otros a contar sus propias historias también.

Soy pequeña, ¡pero soy una guerrera con mi lápiz y pincel!

de las tierras en las que surgieron mis raíces.
Mis ancestros crearon senderos donde
antes no había ninguno.

Ahora marcho hacia mi destino
en las estrellas con su fortaleza.
¿Quién sabe los caminos que me esperan?

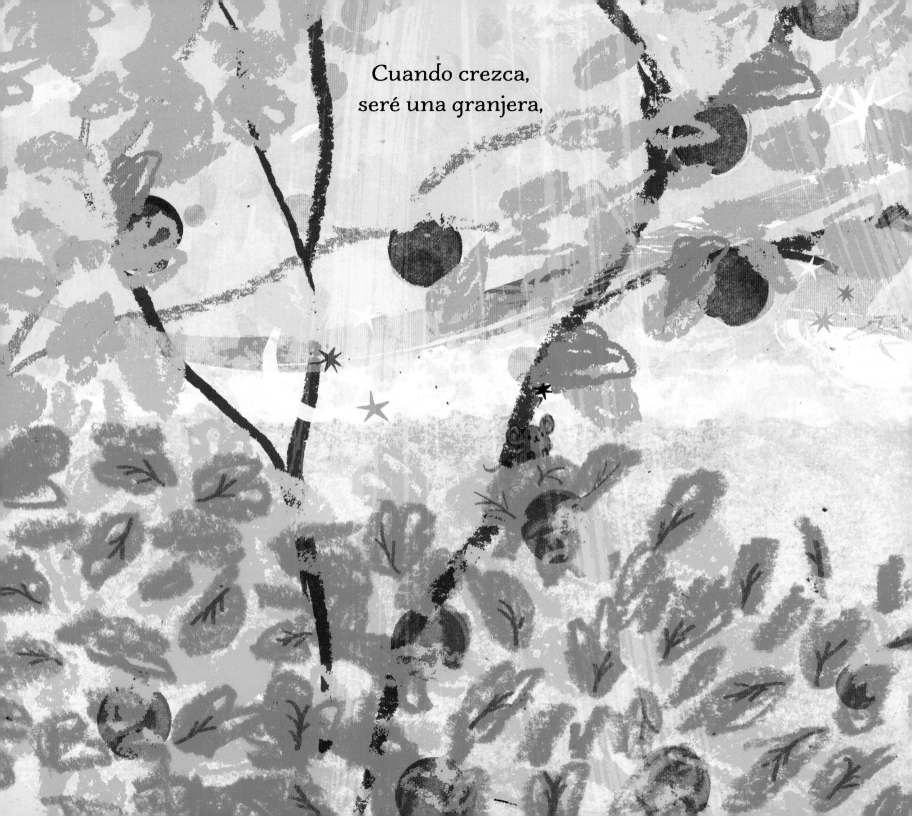

Cuando crezca,
seré una granjera,

plantando milagros y cambios,
y cosechando el poder y el conocimiento que
germinaron con los que soñaron antes de mí.

Ahora, con ese poder y conocimiento,
seré una sanadora de huesos rotos
y, ¿por qué no?, de corazones.

Una voz contra la injusticia y el dolor;
una reparadora de errores.

Cuando crezca seré una estudiante
que mira dentro de mí misma y de otras
personas, todas mágicas y diferentes,
todas necesitadas y apreciadas.

También seré una maestra y una líder,
compartiendo mi luz aún en la más grande oscuridad,

recordando que la risa es un idioma universal
que comprenden los jóvenes y ancianos.

Bien hecho, mi amor, dice Abuela.

Todas estas cosas y más puedes ser.

Pero recuerda, cuando un trabajo es muy grande para pequeñas

manitos, muchas manos pueden obrar milagros.

Abuela me pasa su pincel y, con asombro,

descubro cómo los colores saltan a la vida en un lienzo blanco

Sólo para mí.

Cuando crezca . . .

seré yo.